महाबली शेरा
चित्र–सुमन
पुनः रंगसज्जा–रुद्राक्ष
महाबली शेरा जंगल का बेताज बादशाह!
महाबली शेरा का बचपन सोना के जंगलों में गुजरा था। शेर, चीते, हाथी चिंपाजी व जंगल के अन्य खूंखार जानवर उसके बचपन के दोस्त थे।

शेरा टुम्बा कबीले के सरदार तारा का एकमात्र पुत्र था।
टुम्बा कबीला ज्यादा सम्पन्न नहीं था। सरदार तारा अपने कबीले की खुशहाली के लिए हमेशा चिन्तित रहता था।
इन्हें खुशहाल बनाना मेरा कर्तव्य है। काश! मैं पूर्वजों द्वारा छिपाया गया खजाना प्राप्त कर सकता।
एक दिन कुछ विदेशी जो सरदार तारा के पूर्वजों द्वारा छुपाये खजाने के चक्कर में थे, सरदार तारा के पास पहुंचे।
सरदार खजाने का नक्शा हमें दे दो, बदले में हम तुम्हारे कबीले के लोगों को खुशहाल कर देंगे। तुम्हारी चिन्ता दूर हो जाएगी।

नहीं, यह असम्भव है, वह खजाना मेरे कबीले के लोगों की अमानत है।
अच्छी तरह सोच लो सरदार! हम फिर आएंगे। हमें खजाने का नक्शा हर हालत में चाहिए।
विदेशियों के जाने के बाद–
मुझे कबीले के इन विदेशी दुश्मनों से भी अब सावधान रहना पड़ेगा। खजाना पाने के लिए ये कुछ भी कर सकते हैं।
जंगल में एक स्थान पर–
सरदार तारा हमें किसी भी हालत में खजाने का नक्शा नहीं सौंपेगा।
हां! लेकिन मैंने नक्शा हासिल करने का एक दूसरा उपाय सोचा है।

वह क्या?
हमें अपना काम निकालने के लिए जोम्बा की मदद लेनी होगी।
कौन जोम्बा?
कल कबीले की हो रही भयानक खेलों की प्रतियोगिताओं में हम उससे मिलेंगे।
जोम्बा... टुम्बा कबीले का सबसे शक्तिशाली नौजवान था। कबीले का सरदार बनने की उसकी प्रबल इच्छा थी।
सरदार तारा मेरे मार्ग का कांटा है। एक दिन इस कांटे को साफ करके ही रहूंगा।
वह एक भारी लड़ाका भी था।

अगले दिन कबीले की खेल प्रतियोगिता में.....
बाप रे! इससे मुकाबला करना असम्भव है।
हाय मर गया!!

है कोई और, जो मेरा मुकाबला कर सके!
आह!!
देखा तुमने, जोम्बा कितना बहादुर है।

फिर उनमें से एक विदेशी जोम्बा से उसके घर में मिला।
कौन हो और क्या चाहते हो?
यह जानने के लिए तुम्हें मेरे साथ जंगल में चलना होगा।
जोम्बा विदेशियों के साथ जंगल में-
सरदार तारा को तुम्हारे मार्ग से हटाने के लिए हम तुम्हारी मदद कर सकते हैं, लेकिन तुम्हें......!
क्या करना होगा मुझे?
हमें तुम्हारे सरदार का खजाना चाहिए।
तुम्हें खजाना चाहिए और मुझे सिंहासन, ठीक है! मैं तुम्हारे साथ हूँ।

फिर एक रात -
हमने तुम्हारे पड़ोसी कबीले के सरदार, जो कि तारा का कट्टर दुश्मन है, को अपनी ओर मिला लिया है।
कल रात तैयार रहना, जब वे आक्रमण करें, तुम सरदार से नक्शा प्राप्त करना।
ठीक है, मैं तैयार रहूंगा।
अगली रात-दुश्मन कबीले ने टुम्बा कबीले पर भयानक आक्रमण किया।

दोनों कबीलों के लोगों में घमासान लड़ाई हुई।
आह!
Suman.
सरदार तारा भी कुल्हाड़ा लेकर दुश्मनों पर टूट पड़ा।
आह
तभी एक व्यक्ति ने आकर तारा को सूचना दी –
सरदार! मैंने जोम्बा को कुछ विदेशियों के साथ तुम्हारे घर जाते हुए देखा है। उनके हाथों में आग उगलने वाले हथियार हैं।
ओह!

तारा घर की ओर दौड़ पड़ा।
थोड़ी दूर जाने पर तारा ने देखा–
बताओ, खजाने का नक्शा कहां है ?
हमें नहीं मालूम।
अपनी पत्नी और बेटे की जान खतरे में देखकर सरदार तारा, जोम्बा और विदेशियों पर टूट पड़ा।
गद्दार !!!
नहीं ! गोली मत चलाना, तारा हमें जिन्दा चाहिये

तभी सरदार तारा के कुछ वफादार साथी वहां पहुंचे।
सरदार! आप तुरन्त यहां से निकल जायें, आपकी जान खतरे में है, हमारे सभी सैनिक मारे जा चुके हैं।
दुश्मन कबीले के सैनिक तेजी से इस तरफ आ रहे हैं।
खतरे को देखकर सरदार तारा ने वहां से भाग निकलना ही उचित समझा।
शेरा! सोमा! आओ मेरे साथ।
परन्तु जोम्बा ने सरदार तारा की पत्नी को पकड़ लिया।
आह
छोड़ मुझे गद्दार! मैं तेरा खून पी जाऊंगी।

थोड़ी दूर जाकर सरदार तारा को सोमा का ध्यान आया, उन्होंने पेड़ों के पीछे छुपते हुए देखा।
बताओ, खजाने का नक्शा कहां है?
नहीं! नहीं मैं नहीं बताऊंगी!
बापू, वह मां को मार डालेंगे।
अच्छा! तो यह ले!!!
आ... ई...
अपनी मां को जोम्बा द्वारा मारा जाता देख शेरा का खून खौल उठा।
बापू! उन्होंने मां को मार डाला। मैं उन्हें जिन्दा नहीं छोड़ूंगा।
क्रोध में होश नहीं खोते बेटा! दुश्मन बहुत हैं। अभी यहां से भाग निकलने में ही भलाई है।

उधर सोमा को मौत के घाट उतारने के पश्चात जोम्बा को सरदार तारा और उसके बेटे का ध्यान आया।
अरे! सरदार कहां गया और उसका बेटा...
जोम्बा! जल्दी ढूंढो उन्हें, शायद वे मौका पाकर निकल भागे हैं!
जोम्बा ने अपने साथियों को आदेश दिया-
जाओ! उन्हें जल्दी तलाश करो। अभी वे ज्यादा दूर नहीं जा पाये होंगे।
जंगली तुरन्त शेरा की तलाश में निकल पड़े।
अरे! वह रहा भगोड़ा !!
साथ में उसका बेटा भी !!
पकड़ो!!

अपने पीछे दुश्मनों को आता देख तारा ने शेरा को कन्धे पर उठा लिया और तेजी से भागने लगा।
उधर दुम्बा कबीले में-
सुनो, अब कबीले का सरदार मैं हूँ! किसी को एतराज हो तो मुकाबले पर आए।
अब तुम दुम्बा कबीले के सरदार हो जोम्बा! हमने अपना वायदा पूरा किया, अब...
मैं भी अपना वायदा अवश्य पूरा करूंगा, जल्दी ही!
दुम्बा कबीले के लोगों ने खामोशी से जोम्बा को अपना नया सरदार मान लिया।

भागते-भागते सरदार तारा घने जंगलों के बीच पहुंच गया।
तुम यहीं बैठो बेटा, मैं पानी लेकर आता हूँ।
बापू! पानी!
अभी तारा आगे बढ़ा ही था कि एक भयानक रीछ ने उस पर आक्रमण कर दिया।
तारा ने रीछ को मार दिया, लेकिन स्वयं भी बुरी तरह घायल हो गया।
बापू! यह तुम्हें क्या हो गया बापू!
रोओ मत बेटे, मेरी बात ध्यान से सुनो। समय बहुत कम है।

फिर तारा ने अपने गले का लॉकेट निकाल कर शेरा के गले में डालते हुए कहा–
बेटा, इस लॉकेट को सम्भाल कर रखना। इसमें हमारे पूर्वजों का खजाना है।
बापूऽऽ..
बहादुर बच्चे रोते नहीं, तुम्हें तो अभी अपनी मां के हत्यारे जोम्बा से बदला लेना है।
मैं उसे जिन्दा नहीं छोड़ूंगा।
और कुछ देर बाद ही सरदार तारा ने दम तोड़ दिया।

अपने पिता की लाश को वहीं छोड़, प्यासा शेरा पानी के लिए इधर-उधर भटकने लगा।
उधर जोम्बा के साथी तारा को तलाश करते हुए तारा की लाश तक जा पहुंचे।
अरे! यह तो रीछ का शिकार बन गया।
चलो, सरदार को खबर करें।
सरदार! तारा मारा गया, लेकिन शेरा का पता नहीं।
उसे तलाश करो और जिन्दा हमारे सामने लाओ।

लगता है, खजाना हमारे हाथ से दूर होता जा रहा है।
नहीं; वह बूढ़ा जरूर अपने बेटे को राज बता कर मरा होगा।
जंगल में प्यास से भटकते शेरा के सामने अचानक एक एप बन्दर पेड़ से कूद कर आया।
पहले तो एप बन्दर उसे देखता रहा, फिर शेरा का हाथ पकड़ कर वह उसे एक तरफ ले जाने लगा।
कहां ले जा रहे हो?

जल्दी ही एप बन्दर शेरा का हाथ थामे एक झील के किनारे जा पहुंचा।

शेरा प्रसन्न होकर पानी पीने लगा। एप बन्दर उसे वहां छोड़कर दूसरी तरफ चला गया।

जैसे ही शेरा पानी पीकर पलटा-
कुह! कुह!!

कुछ देर बाद बन्दर शेरा को एक पहाड़ी कन्दरा में ले गया, जहां उसके अन्य साथी रहते थे।

धीरे-धीरे एप बन्दरों के लाड़-प्यार में पलकर शेरा बड़ा होने लगा। इस बीच उसकी दोस्ती अन्य जंगली जानवरों से भी हो गई।
जंगली जानवरों का साथ पाकर शेरा के दिन हंसी-खुशी कटने लगे, लेकिन जब कभी उसे अपनी मां की मौत का ध्यान आता, वह तड़प उठता।
समय बीतने के साथ-साथ शेरा जवान हो गया और साथ ही जोम्बा से अपनी मां की हत्या का बदला लेने की इच्छा प्रबल हो उठी।
मुझे उससे अपनी मां की हत्या का बदला लेना चाहिए।

एक दिन-
ओऽ!....
शेरा नहाने के लिए नीचे झील में कूदा-
किनारे पर लेटे मगरमच्छ की निगाह झील में नहाते अपने शिकार पर पड़ी।

शेरा मगरमच्छ से गुथ गया।
शेरा ने मगरमच्छ को मार दिया।
जैसे ही शेरा झील से बाहर निकला—
बहुत से जंगलियों ने उसे घेर लिया।

क्रोधित हो शेरा उन जंगलियों पर टूट पड़ा।
आह्ह..
तभी पास के पेड़ों से शेरा पर एक जाल आकर गिरा। शेरा उस जाल में फंस गया।
जाल में शेरा को फांस कर जंगली जंगल में एक तरफ बढ़ गए।

शेरा को लेकर जंगली दुम्बा कबीले में पहुंचे।
कौन हो तुम?
सब कुछ जाना पहचाना-सा लगता है।
फिर शेरा को जैसे सब कुछ याद आ गया।
जोम्बा! मेरी मां का कातिल, मुझे इससे बदला लेना है।
चुप क्यों हो? जवाब दो, वरना मार दिये जाओगे।
कुछ सोचकर, शेरा ने अपनी असलियत बता दी।
ओह! तुम सरदार तारा के बेटे हो।

यह जानकर कि कैदी सरदार तारा का बेटा है, विदेशी प्रसन्न हो उठे।
जोम्बा इससे खजाने के बारे में पूछो।
ओह! तो यह अब भी मेरे पूर्वजों के खजाने के चक्कर में है।
बताओ, खजाने का नक्शा कहां है?
मुझे खजाने का नक्शा इनके हवाले कर देना चाहिए। खजाने का पता लगने के बाद मैं उसे इनसे छीन लूंगा।
मेरे गले में पड़े लॉकेट में उस खजाने का नक्शा है।
तुरन्त शेरा को जाल से मुक्त करके जोम्बा ने उसके गले से लॉकेट निकाल लिया।
ओह! सरदार के गले में यही लॉकेट पड़ा था।

जोम्बा ने लॉकेट का ढक्कन अलग किया।
ओह मिल गया!!!
डिबिया में से निकले खजाने के नक्शे को उन्होंने देखा।
नदी
दो खजूर के पेड़
खंबा
पेड़
जरूर बदला लूंगा।
ठीक है, मैं अपने आदमियों को तैयार होने का आदेश देता हूं।
जोम्बा, अब हमें जल्दी खजाने की तलाश में रवाना हो जाना चाहिए।

उधर दूर जंगल के एक हिस्से में-
ओह! साकाल!

वह रहस्यमय इन्सान, शायद पक्षियों की बोली भी जानता था।
क्या सन्देश है साकाल?
ओह! दूर जंगल में कोई खतरे में है। ठहरो, अभी मदद को चलते हैं।

रहस्यमय इन्सान उठ कर गुफा के अन्दर गया।
और कहीं जाने के लिए तैयार होने लगा।
अब वह किसी काले प्रेत के समान लग रहा था। गुफा के बाहर निकलकर उसने गुफा का द्वार बन्द कर दिया।

जैसे ही वह द्वार बन्द करके पलटा, एक काला घोड़ा पेड़ों के झुरमुट से निकल कर उसकी ओर दौड़ पड़ा।
साकाल! तुम रास्ता दिखाओ।
काला प्रेत घोड़े पर सवार हो गया।
चल चीते! कोई मुसीबत में है!
काले घोड़े पर बैठा काला प्रेत आगे उड़ते बाज के पीछे-पीछे चल पड़ा।

ओह! टुम्बा कबीला।
उसकी मदद करने के लिए मुझे उचितसमय का इन्तजार करना चाहिए।
खजाने की तलाश में निकलने से पूर्व –
इसका क्या करें?
अब हमें इसकी जरूरत नहीं, इसे खत्म कर दो।

खत्म कर दो इसे।
मुझे अब देर नहीं करनी चाहिए।
लेकिन तभी शेरा, कुल्हाड़ा उठाए जंगली पर किसी बाज के समान झपटा।
ओह!!!

जल्दी आओ मित्र! यहां से निकल भागने में ही भलाई है।

पकड़ो, जाने न पाये।
धांय
धांय

कौन हो तुम मित्र!
काला प्रेत!
गरीब और दुखियों का हमदर्द!
काला प्रेत कौन था? शेरा का क्या हुआ? क्या विदेशी जोम्बा के साथ मिलकर खजाना प्राप्त कर सके? क्या शेरा ने अपनी कसम पूरी की? यह सब जानने के लिए पढ़ें
महाबली शेरा और काला प्रेत

FCW - #0291 - 061026 - C32 - 246/170/2 - PB - 9789390472895 - Gloss Lamination